AF357902

17 Mars 1905

V

VENTE

du Vendredi 17 Mars 1905

HOTEL DROUOT, SALLE N° 8

A 2 HEURES

ARMES

Européennes & Orientales

OBJETS D'ART, TABLEAUX

TAPISSERIES, ÉTOFFES

Tapis d'Aubusson

~~~~~~~~

EXPOSITION : le Jeudi 16 Mars 1905 de 2 h. à 6 h.

Mᵉ **LAIR DUBREUIL**, Commissaire-Priseur

M. Arthur **BLOCHE**, Expert près la Cour d'Appel
~~~~~~~~

IMPRIMERIE C. CHAUFOUR

8-10 RUE MILTON, 8-10

PARIS

CATALOGUE

DES

ARMES

Européennes et Orientales

OBJETS D'ART

Bois sculptés — Pierres de Lare — Faïences

TABLEAUX ANCIENS & MODERNES

TAPISSERIES = ÉTOFFES

Tapis d'Aubusson

DONT LA VENTE AURA LIEU

HOTEL DROUOT — SALLE N° 8

Le Vendredi 17 Mars 1905, à 2 heures

Mᵉ F. LAIR-DUBREUIL	**M. Arthur BLOCHE**
COMMISSAIRE-PRISEUR	EXPERT PRÈS LA COUR D'APPEL
6, Rue de Hanovre, 6	*51, Rue Saint-Georges, 51*

Chez lesquels se distribue le présent Catalogue

EXPOSITION PUBLIQUE

Le Jeudi 16 Mars 1905, de 2 heures à 6 heures

CONDITIONS DE LA VENTE

Elle sera faite au comptant.

Les acquéreurs paieront 10 o/o en sus des adjudications.

L'exposition mettant le public à même de se rendre compte de l'état des objets, il ne sera admis aucune réclamation une fois l'adjudication prononcée.

PARIS. — IMP. C. CHAUFOUR, 8 & 10, RUE MILTON

DÉSIGNATION

ARMES

1-2 — Quatre fusils canons en fer damasquiné et gravé, monture en cuivre.

3-4 — Quatre fusils en bois incrusté de filets de cuivre, canons en fer.

5 — Deux tromblons en fer incrusté d'argent, crosses en bois garnies de cuivre.

6 à 17 — Suite de vingt-quatre tromblons en bois incrusté de cuivre.

18 — Cinq tromblons incrustés d'argent.

19 — Cinq tromblons en bois incrusté d'argent, canons en cuivre et fer.

20 — Deux tromblons en fer, incrustés de nacre.

21-27 — Sept paires de pistolets, crosses garnies de cuivre.

28-35 — Huit paires de pistolets, crosses en bois incrustées et garnies de cuivre.

36 — Paire de pistolets en bois sculpté, crosses garnies de métal.

37 — Paire de pistolets incrustés et garnis d'argent.

38 — Paire de pistolets bois sculpté, garniture métal, canons en fer incrusté d'or.

39-41 — Trois pistolets, garnitures argent et cuivre.

42 — Couteau, manche en os, fourreau en métal.

43 — Trois couteaux, manches en corne, fourreaux en cuivre et étoffe bleue.

44 — Couteau lame courbe, poignée en bois noir.

45 — Sept handjars, lames à gouttières, poignées en bois de fer.

46 — Trois sabres avec poignées et garnitures des fourreaux en argent.

47 — Deux handjars avec poignées en os.

48 — Deux handjars avec garnitures en argent repoussé et argent niellé.

49 — Sabre, poignée en corne, quillons droits et garniture du fourreau en cuivre.

50 — Couteau circassien, fourreau en velours bleu garni de cuivre.

51 — Poignard à lame incrustée, poignée et fourreau en os gravé à personnages. XVIIIe siècle.

52 — Poignard à lame damasquinée, poignée et fourreau en os sculpté garnis de fer incrusté.

53 — Petit poignard, lame incrustée d'or, poignée forme canard en bois incrusté d'ivoire, fourreau garni de cuivre.

54 — Epée à deux mains, quillons droits, poignée en cuir, pommeau en fer forme octogonale. xviie siècle.

55 — Mannequin guerrier persan avec ses armes.

56-57 — Deux fusils à longs canons ciselés en fer, crosses garnies de fer.

58 — Lance et fauchard en fer, hampes en bois.

59 — Hallebarde en fer découpé et ajouré, hampe en bois clouté de cuivre.

60 — Fer de lance découpé et gravé.

61 — Deux masses d'armes en fer à saillies et ajouré, manches en bois et fer.

62 — Cotte de mailles en fer.

63 — Douze lances annamites en fer, avec douilles en cuivre ciselé, manches en bois.

64 — Sabre de la Révolution, poignée en bronze surmontée d'une tête de coq.

65 — Poudrière en cuivre ciselé garnie d'argent.

OBJETS D'ART ET VARIÉS

66 — Deux plaquettes en fer ciselé : Scènes de l'Histoire romaine. XVIIe siècle.

67 — Coffre en cuir clouté de cuivre. Epoque Louis XIII.

68 — Lampe d'autel en cuivre jaune. XVIIe siècle.

69 — Tête du Christ couronnée d'épines, en carton peint.

70 — Peinture : Tête du Christ, sur fond d'or.

71 — Vase en émail peint, de Chine.

72 — Deux torchères en bois sculpté, peint et doré formées par des statuettes d'enfants suspendues par des chaînes à des chûtes de fleurs et de fruits. xviii;e siècle.

73 — Christ en bois sculpté et doré, dans un cadre à volutes en bois sculpté et doré. Epoque Louis XIII.

74 — Sphinx en bois sculpté peint noir et doré. Ier Empire.

75 — Grand plat creux en ancienne faience de Rhodes, décor aux palmes et tulipes.

76 — Deux socles chinois en bois de fer.

77-78 — Deux statues grandeur nature en bois sculpté : la Vierge et saint Jean. xviie siècle.

79 — Cadre à chevalet en bois sculpté, forme entrée de pagode. Travail de Birmanie.

80 — Deux cadres birmans en bois sculpté et ajouré.

81 — Rampe d'autel en quatre parties en bois sculpté et ajouré, dessin à enroulements et volutes feuillagées. Epoque Louis XV.

82 à 90 — Quarante pièces en pierre de lare sculptée de Chine : Statuettes, groupes et vases.

91 — Plateau en bois du Tonkin incrusté de nacre à petits personnages.

92 — Porte-coran en bois sculpté incrusté de nacre.

93 — Petit porte-coran en bois sculpté.

TABLEAUX

94 — ECOLE MODERNE. Portrait d'homme.

95 — Oiseaux sur un arbre, broderie de soie, encadrée.

96 — Paysages avec figures, deux broderies de soie et laine, encadrées.

97 — Deux dessus de portes en broderie de
laine sur fond de drap, dessin à vases de fleurs,
branchages et oiseaux.. Epoque Louis XVI.
Encadrés.

97 *bis* — ECOLE FRANÇAISE. Paysages avec
personnages et cavaliers. Trois grandes peintures décoratives.

97 *ter* — ECOLE FRANÇAISE. Sept autres non
montées.

98 — ECOLE FRANÇAISE. Portrait de femme.
Dessin à la plume.

99 — WATTEAU (Genre de). Femme tenant un
livre de musique. Dessin rehaussé de couleur.

100 — WATTEAU (Genre de). Portrait de femme
Louis XVI. Peinture sur verre.

TAPISSERIES — ÉTOFFES

101 — Panneau en ancienne tapisserie d'Aubusson représentant le Colosse de Rhodes, bordure à fleurs et fruits.

102 — Tapis d'Aubusson fond brun à médaillons et branchages en polychrome, trois bordures fond crème et fond jaune. Ier Empire. Long.: 5^{m}60. Larg.: 4^{m}30.

103 — Tapis d'Aubusson à médaillon central, avec encadrement à grands feuillages, volutes et fleurs. Long.: 6^{m}80. Larg.: 6^{m}80.

104-119 — Suite de trente-sept panneaux en toile de Jouy représentant des paysages avec petits personnages, décor en rose sur fond blanc. Epoques XVIIIe siècle et Ier Empire.

120 — Selle orientale en velours brodé d'argent, accompagnée de deux canons, de deux étriers, ceintures et autres accessoires.

121 — Tapis chinois orné de peintures à petits personnages.

122 — Deux dessus de coussins soie peinte à jeux d'enfants, encadrés de dentelles.

123 — Deux rideaux et un lambrequin en soierie rayée vert et rouge.

124 — Dessus de pouff en point de Hongrie, avec passementerie assortie.

125 — Vide-poche en broderie de Chine et velours bleu.

126 — Dessus de grand coussin en soierie rayée encadrée de tapisserie au point.

127 — Couverture en broderie des Abbruzzes fond rouge à dessin jaune et blanc.

128 — Trois chapes en soie jaune avec chaperons et orfrois en satin crème à dessin rose. XVIIIe siècle.

129 — Six bonnets saxons anciens en broderie de fil d'or et de soierie ancienne.

130 — Couverture en soie bleue rayée blanc.
Epoque Louis XVI.

131 — Manteau ancien en brocart brun rayé rose
et broché à guirlandes de vigne.

132 — Devant d'autel en ancienne soierie crème
rayée vert et jaune.

133 — Rideau en guipure brodée de fleurs.

134 — Dais en satin crème brodé de soie à étoiles
bleues et rouges.

135 — Devant d'autel en soie bleue brodée au
chenillé à vases de fleurs et rinceaux. Epoque
Louis XIV.

136 — Couverture en damas de soie rouge, dessin
à grands ramages ton sur ton. Epoque
Louis XIV.

137 — Deux dalmatiques en ancien velours noir
et rouge garni de galons d'argent.

138 — Quatre morceaux de peluche couleur
amande.

139 — Couverture en damas de soie jaune.

140 — Couverture en toile brodée de Perse à petits branchages de fleurs.

141 — Deux petits manteaux de madone en ancienne soierie rose brochée argent.

142 — Couverture en ancienne soierie brochée à fleurs et festons fond vert.

143-144 — Deux couvre-lit en satin bleu brodé d'oiseaux, de papillons et de singes.

145 — Deux devants d'autel en soie gris perle et violet brodée à fleurs et guirlandes.

146 — Couverture en étoffe brochée à fleurs.

147 — Couverture en brocatelle fond jaune d'or à dessin bleu à rinceaux et branchages. Epoque Louis XIV.

148 — Deux bandes en soierie rose brochée à festons et bouquets de fleurs. Epoque Louis XV.

149 — Chape en damas rouge, avec chaperon et orfrois en satin jaune brodé de soie à fleurs.

150 — Trois coupes en soie jaune brodée à guirlandes et bouquets de fleurs.

151 — Couverture en broderie portugaise fond bleu à volatiles et branchages fleuris.

152 — Couverture en soie bleue brochée à ornements cuivrés.

153 — Dessus de lit en soierie crème brochée à petits bouquets de fleurs et rayures fond brun. Époque Louis XVI.